LETRAS MEXICANAS

Belleza roja

BERNARDO ESQUINCA

Belleza roja

FONDO DE CULTURA ECONÓMICA

Primera edición,   2005
Primera reimpresión, 2006

Esquinca, Bernardo
    Belleza roja / Bernardo Esquinca. — México : FCE, 2005
    103 p.; 21 × 14 cm — (Colec. Letras Mexicanas)
    ISBN 968-16-7479-0

    1. Novela mexicana 2. Literatura mexicana — Siglo XX

LC PQ7298   Dewey M863 E578b

Distribución mundial

Comentarios y sugerencias: editorial@fondodeculturaeconomica.com
www.fondodeculturaeconomica.com
Tel. (55)5227-4672 Fax (55)5227-4694

 Empresa certificada ISO 9001:2000

Diseño de la maqueta: R/4 Pablo Rulfo
Diseño de la portada: Mauricio Gómez Morin
Fotografía del autor: Mariano Aparicio

D. R. © 2005, Fondo de Cultura Económica
Carretera Picacho-Ajusco, 227; 14200, México, D. F.

ISBN 968-16-7479-0

Impreso en México • *Printed in Mexico*

ÍNDICE

¿Veían acaso en estas ruinas el modelo de una vida futura?

J. G. BALLARD

I

LA LENTE Y EL BISTURÍ

1

El verano ha sido espléndido. Los pacientes vuelan en grupos hasta esta tranquila isla, atraídos por nuestra promoción todo incluido: vacaciones y cirugía en un mismo paquete. Hoy en día la gente está dispuesta a hacer lo que sea con tal de verse —y sentirse— mejor: la prueba es esta floreciente clínica donde el hedonismo y el bisturí han consumado un insospechado matrimonio. El doctor Badial es el visionario de este nuevo concepto médico-recreativo. Tras convencer a una serie de inversionistas con su entusiasmo y reputación —es uno de los cirujanos plásticos más veteranos y habilidosos del país— hizo realidad este anhelado proyecto, que desde hace tres años funciona exitosamente como un híbrido entre hospital y *beach & resort*. Cada mes son más los clientes que se recuperan de sus intervenciones mientras toman cocteles sin alcohol o les masajean los músculos frente a la playa. Desde la ventana de mi consultorio puedo ver que no queda un solo lugar libre en la hilera de tumbonas junto a la piscina. Los pacientes, acostados a la sombra de las palmeras con las cabezas vendadas y las narices cubiertas de gasas ensangrentadas, parecen los sobrevivientes de un repentino bombardeo.

Rinoplastias. Liposucciones. Mamoplastias. Lipoesculturas. Mastopexias. Otoplastias. Peels químicos. Aquí te reconstruimos y te damos la apariencia de tus sueños, siempre y cuando tengas el dinero suficiente. Y si no, existen atractivos sistemas de crédito. ¿Por qué privar a alguien de la necesidad de la belleza? En eso el doctor Badial es muy contundente: hemos evolucionado lo suficiente como para seguir permitiendo que la herencia genética condene nuestras vidas. El cuerpo es un vestido que puede hacerse a la medida. Seamos realistas: actualmente unos senos pequeños y unos senos firmes y rotundos pueden ser la diferencia entre conseguir o no un trabajo. Y ya no digamos pareja. La fealdad es uno de los más terribles males de nuestro tiempo, pero afortunadamente tenemos las herramientas para erradicarla. Por eso esta clínica simboliza el más caro sueño del doctor Badial —y también el mío, por supuesto—: un futuro mejor en el que una nueva civilización de mujeres y hombres posthumanos y perfectos se erigirá como el triunfo del progreso y la evolución. Como el signo de la derrota definitiva de la fealdad.

El doctor Badial ha sido muy generoso conmigo. Trabajamos hombro con hombro en el proyecto de la clínica desde que yo era su alumno en la facultad de medicina. Y cuando logramos cristalizarlo, me nombró subdirector a pesar de que tengo pocos años de haber egresado y de que, sin duda, había entre sus colegas gente más experimentada que yo. Pero no lo he defraudado. Este año ha sido de un gran aprendizaje. Las narices y los pechos que opero quedan cada vez mejor. Eso en cuanto a la técnica. Pero también está el lado psicológico, en el que el doctor Badial es un experto. La manera en que convence a los pacientes —en su mayoría del género femenino— de que se operen, pero sobre todo, de qué es exactamente lo que *tienen* que hacerse. A veces pienso que está moldeando un ejército de mujeres para su propio deleite. Muchas de ellas vuelven varias veces a ponerse en sus manos, aunque sólo sean intervenciones menores, como quitarse alguna verruga o cauterizarse los poros de las piernas. Él las trata con ternura y comprensión infinitas, como el paciente amo de un harem de cuidados intensivos.

Yo lo observo y aprendo. Soy fiel a su doctrina. Para venirme a esta isla tuve que dejar a mi novia de toda la vida. Aunque en honor a la verdad no me costó mucho trabajo. Las presiones de parte de las familias de ambos para casarnos eran cada vez mayores y, aunque siempre fue una buena chica, nunca me gustó del todo. Su físico no me convencía. Suena horrible, lo sé, pero la belleza es una de las cosas más importantes para mí en una mujer. Y que me cuelguen si soy el único hombre que piensa así.

2

No he vuelto a encontrar una belleza como la de Laura. Decenas de modelos han pasado por mi estudio, y mi cámara fotográfica lo único que captura es el vacío de sus ojos, la estrechez
de sus caderas. En realidad, Laura no era una modelo profesional. Ni siquiera era hermosa para el resto de la gente. Incluso
para muchos pasaba por una mujer fea o cuando menos desconcertante. Pero a mí me cautivaron su piel blanquísima, su
carne abundante, sus ojos de animal nocturno. Ella vino a mí
porque sabía que yo estaba en la búsqueda de una modelo
diferente para mis montajes fotográficos. En cuanto la vi le di
el trabajo. La utilicé para la exposición que estoy por inaugurar
en una galería alternativa. Pasamos meses recreando esas imágenes de crimen y sexo que traía en mente. Mi cámara no deja-
ba de disparar. Quería prolongar aquellas sesiones hasta que
termináramos exhaustos; incluso falté en varias ocasiones al
periódico y por poco pierdo el trabajo. Conforme pasaron los
días, Laura se fue relajando y comenzó a desnudarse con naturalidad; sus pequeños pechos y sus pezones erectos llenaban el
espacio, y yo estaba cada vez más enfebrecido en aquella intimidad que habíamos logrado entre cuerdas, mordazas y sangre
falsa.

16

Un día simplemente desapareció. Supongo que entendió lo que estaba pasando: que yo hacía tiempo que había terminado la serie y estaba llevando mis fantasías a otro plano, que había comenzado a retenerla con cada fotografía que le tomaba. Que cada nueva polaroid era la promesa de una vida juntos. Hoy hace tres años que se fue. La he buscado por todas partes sin resultado. El olor acre del sudor de su cuerpo todavía impregna la ropa de cuero con que la vestí en la última sesión.

Laura era muy reservada con su vida privada. Lo poco que supe de ella es que tomaba un curso de enfermería y que por las noches acudía a algún tipo de grupo —creo que de soporte—, nunca me especificó de qué. Tenía que ser adicta a algo, como todos, pero no logré descubrir su vicio. Discutíamos mucho, eso sí, sobre el concepto de belleza. Podría decir que le obsesionaba. No dudo que su involucramiento en mi proyecto artístico fuera parte de eso, de sus propias indagaciones sobre el tema. La imagino ahora trabajando como enfermera, conviviendo con pacientes deformados por accidentes terribles y por las noches discutiendo aquellas insospechadas formas de la estética con un grupo de adictos a la belleza.

Cuando me enteré de que estudiaba enfermería, nuevas y poderosas imágenes vinieron a mi cabeza. Le pedí que viniera con su uniforme y lo convertí en un óleo de efectos especiales en el que se fundían los fluidos y las excrecencias de sus pacientes, su propia sangre y el semen de su asesino imaginario. Laura se prestaba a todo ello sin protestar, incluso me atrevería a afirmar que en sus prolongados silencios intentaba descifrar las claves que se iban trazando en las representaciones de aquellos crímenes sexuales. No hacía preguntas pero estaba alerta, como si yo fuera el compañero de clase que de pronto encuentra el atajo para resolver un complicado problema de álgebra. Finalmente, ¿qué es un crimen sexual sino la destrucción radical y última de la belleza?

3

La señora Patterson yace sobre una plancha de bronceado artificial. Sus ojos están cubiertos por una venda negra que los protege de la luz intensa. Por debajo de la gasa que cubre su nariz asoman unas costras de sangre. Se ha levantado el camisón hasta la mitad de los muslos, dejando al descubierto sus piernas de estatua. Parece la víctima de un crimen sexual, lista para revelar sus secretos al forense. Me acerco sigilosamente y me concedo un tiempo más para observar la formidable arquitectura de su cuerpo. Los pechos generosos —un trabajo que le hice hace seis meses y del que estoy orgulloso— suben y bajan con su respiración. Al fin le digo, con voz suave:

—Paula, no se le olvide que dentro de una hora tenemos consulta.

Su cabeza gira hacia mi voz, al tiempo que en su boca se dibuja una sonrisa.

—Doctor Azcárate, no sabía que estaba aquí.

—Acuérdese del consejo que le dio el diablo a su hijo: "Que no te oigan llegar".

La señora Patterson se levanta la venda. Sus ojos verdes centellean en la penumbra del gimnasio.

—Ya te dije que no me hables de usted. No me he gastado una fortuna en esta clínica para que tú te empeñes en hacerme sentir vieja.

—Para nada, Paula. Siempre has sido y seguirás siendo la más hermosa de nuestras pacientes.

Paula vuelve a situarse la venda sobre los ojos.

—Así me gusta, querido. Cinco minutos más.

Mientras regreso a mi consultorio, reflexiono en lo buena que ha sido la idea de instalar esas máquinas. Algunos pacientes no pueden recibir el sol directo después de sus operaciones, pero sí las ondas tonificantes de los bronceadores artificiales. Tomando en cuenta que cada día que pasan aquí les cuesta una suma considerable de dinero, los clientes sienten que desquitan la inversión. Sin duda hemos dado en el clavo: los regresamos a casa con un nuevo y bronceado rostro. Ese pensamiento me hace sentir bien. Sin embargo, pronto es ensombrecido por una realidad que no puedo hacer a un lado: la señora Patterson me perturba.

De todas las mujeres posibles en esta clínica, Paula es la que más me inquieta y la que más deseo. El problema radica en que es una de las amantes del doctor Badial. Él no me confía sus intimidades, pero yo me doy cuenta cuando éstas ocurren. Mi sistema para descubrir sus relaciones se basa en la observación de una serie de conductas extrañas entre el doctor y algunas pacientes. Creo que las que se acuestan con él son exclusivamente las que yo me encargo de operar, como si en un juego perverso las entregara momentáneamente a otro hombre. La clave definitiva para saber si hay una relación entre el doctor y una paciente es cuando él entra a observar la intervención. Es un complicado mapa de señales que he ido aprendiendo a descifrar. Durante un tiempo me pareció divertido, pero eso cambió con la llegada de Paula.

Cuando viene a la consulta, la señora Patterson sólo trae puesta una bata. Y aunque lo único que tengo que revisarle es la nariz, desnuda su hiriente belleza ante mí.

4

Su pezón está en mi boca. Deslizo la lengua por los contornos de la punta erecta. Bajo mi mano lentamente por el arco de la espalda y la poso sobre las nalgas. Con el dedo anular palpo la textura rugosa y la humedad de su ano; después de introducirlo y sentir cómo su esfínter se contrae, me despego de Susana para admirarla: morena, de caderas pródigas y una melena que le cuelga a los hombros. Cuando despierto, me siento extrañado de haber soñado con ella. Sin duda es una mujer inquietante —aunque muchos compañeros del trabajo no compartan esa opinión—, pero de todas las chicas con las que convivo a diario en el periódico, ella nunca se había cruzado en mis fantasías. Mucho menos en un sueño de naturaleza realista.

Me gusta clasificar los sueños eróticos en dos categorías: los típicos *húmedos* y los *reales*. En los primeros se eyacula dormido, y al despertar se recuerda vagamente lo que se ha soñado. Es una descarga, más que nada. En los segundos, el orgasmo es lo de menos. Son sueños sumamente vívidos; al levantarnos recordamos perfectamente cada detalle, incluso olores y sabores. Estos sueños son tan reales que cuando uno se topa en el trabajo con la persona que soñó, experimenta cierto tipo de vergüenza. Lo más inquietante de todo es cuando ella desvía la mirada, apenada también, como si hubiera soñado lo mismo. Los sueños reales son una frontera en la que se intercambian deseos, y representan el paso siguiente en la evolución de las fantasías humanas. Un día —no me cabe duda— serán la norma, como en su tiempo lo fueron los burdeles, los videos pornográficos y como ahora lo es el cibersexo.

Cuando llego al periódico, lo primero que hago es buscar a Susana con la mirada para ver su reacción. Parece que no está. Sigo preguntándome por qué soñé con ella. La conozco desde hace tiempo. Estudiamos juntos en la facultad de periodismo. Nunca me había sentido atraído hacia ella y ahora estoy ansioso por comprobar si compartimos esa fantasía nocturna. En cambio, el que aparece es Vallejo, el jefe del departamento de fotografía.

—Tenemos un muertito en un hotel del centro. Necesito que vayas…

—¿Por qué siempre me toca la nota roja a mí? ¿No me puedes mandar a cubrir el fin de cursos en un kinder?

—Eres el experto, Esquinca.

Cojo mi equipo y atravieso la redacción buscando a Susana: nada.

Una vez en el hotel, experimento el mismo sentimiento de siempre: todos esos crímenes son tan vulgares, tan absurdos, que quisiera alterar la escena. En este caso tenemos a una mujer a la que le han aplastado la cabeza con un florero. Yace en el suelo, las ropas salpicadas de sangre y materia viscosa. Todo parece indicar que fue un robo. Me gustaría desnudarla, tenderla sobre la cama y ponerle una media en la cabeza para que parezca la víctima de un crimen sexual…

Después de tomar las fotografías, voy corriendo al baño y vomito. Como no he desayunado, siento que lo que estoy devolviendo son mis propias entrañas. Me lavo el rostro en el lavabo y salgo de ahí. Es sólo un día más en el trabajo.

De regreso en el periódico, por fin veo a Susana. Quiero acercarme, pero ella se encuentra discutiendo algún reportaje con el jefe de redacción. La observo unos segundos, hasta que me doy cuenta de que tengo una terrible erección y me duelen los testículos. Decido olvidar el asunto: el baño del periódico no es un buen lugar para masturbarse. Mejor me dirijo al cuarto oscuro a revelar mis fotografías.

5

Me acaricio el sexo mientras desfila por mi cabeza una serie de cuerpos. Todos esos cuerpos que hemos modificado y que por lo tanto nos pertenecen más que a nadie. Los hemos reconstruido. Hemos penetrado sus carnes con el bisturí. Los hemos abierto, hemos hurgado entre sus vísceras. Conocemos sus más íntimos secretos. Sabemos dónde los hemos recortado y dónde aumentado. De qué partes extraído bolsas de grasa y a cuáles inyectado botox, gortex, colágeno. Cuántas cantidades de silicona y ácido glicólico. Qué partes de la piel hemos estirado y en qué otras ocultado cicatrices. Pienso en todos esos cuerpos que hemos marcado primero con plumones, en esos trazos que plasman sobre la carne la ruta más eficaz hacia la belleza, en ese ritual que celebra de manera infantil —incluso aborigen— el inminente nacimiento de un nuevo ser.

Mis pensamientos son interrumpidos por el timbre del teléfono. Salgo de la regadera envuelto en una toalla y descuelgo. Es el doctor Badial. Me comenta que una paciente nueva está indecisa sobre el tamaño al que debe aumentar sus pechos. Quiere la opinión de alguien más. Le digo que en cinco minutos estoy con ellos. Me visto, sintiendo aún en mi piel la presencia de aquellos cuerpos, como tatuajes recién dibujados.

Dejo mi habitación y me encamino hacia el consultorio, pensando en algunas frases para decirle a la clienta. Juntos la convenceremos de que se convierta en una mujer más hecha a la medida y las necesidades de los hombres.

Más tarde, mientras doy un paseo por el área de la piscina, me encuentro con el señor Garay, uno de los pocos pacientes masculinos que hemos tenido en la clínica. Ésta es la cuarta vez que viene. Se está haciendo un tratamiento de trasplante de cabello. Para mí quedó listo desde la primera sesión, pero continúa viniendo. Cuando conocí a su esposa, cierta vez que lo acompañó, comprendí por qué regresa. Es una mujer endiablada, corpulenta y mandona, que lo tiene agarrado de los huevos. Y fea como para pegarle a Dios. Sin duda, el señor Garay se siente de maravilla rodeado de mujeres vendadas e hinchadas a las que parece que les acaban de dar una paliza. Algo que él quisiera hacer con su mujer, y no se atreve. Vaya, ni siquiera tiene oportunidad. Antes de que él pudiera alzar la mano, su esposa lo castraría con un cuchillo para filetes.

Estrecho su mano con cierta pena: es un hombre chaparro y gordo al que más bien deberíamos meterle una aspiradora entre las lonjas para succionarle la grasa.

—¿Todo en orden, señor Garay?

—¿Bromea? Esto es el paraíso. Mañana me hacen un trasplante más —dice, al tiempo que se señala con el dedo un pequeño hueco en la coronilla—. Ya ve que siempre quedan espacios por rellenar.

Me sonríe y se aleja rumbo a la barra de comida, y me pregunto si no será él mismo el que se arranca los cabellos para engañar a su mujer. Pero aquí no cuestionamos ese tipo de cosas. Si un paciente se vuelve adicto a este lugar, por nosotros mejor. Lo único que temo es que no está lejano el día en que aquel ogro vendrá a reclamarnos las cuentas de la clínica y nuestra incapacidad de resolver el problema de su marido. Cuando eso suceda, por mi propio bien, procuraré tener un bisturí a la mano.

6

La degollaron con un bisturí. Es una mujer joven y atractiva. Esta vez alguna resistencia se rompe en mi interior y no puedo evitar cruzar la frontera: decido que modificaré la escena del crimen para que sea perfecta en mis fotografías. Saldaña, el reportero de nota roja, y yo llegamos primero que nadie. Él tiene un radio conectado a la frecuencia policiaca y casualmente andábamos por el rumbo, cubriendo un robo sin importancia. Esta vez parece que sí fue un crimen sexual, pero hace falta cambiar algunos detalles. Saldaña acaba de salir, pues con las prisas olvidó su libreta en el coche. Estamos en el décimo piso de un edificio de departamentos, así que le llevará tiempo regresar. Extrañamente, la mujer yace vestida en la alfombra. Lleva puesta una blusa roja y una minifalda negra. Incluso calza zapatos de tacón. Lo único que está fuera de lugar son las bragas, enredadas en uno de sus tobillos. No hay rasgos de lucha y eso, paradójicamente, hace más brutal el hecho: fue asesinada mientras copulaba con alguien a quien conocía. Me apuro, cojo de la cocina los guantes para lavar trastes y hago las modificaciones pertinentes: le quito uno de los zapatos y lo dejo cerca del charco de sangre, le desabotono la blusa y libero del sostén uno de los pechos. Las bragas se ven demasiado obscenas en su talón, así que se las quito y las arrojo al canasto de la ropa sucia que está en uno de los cuartos. Devuelvo los guantes al lavabo y comienzo a tomar las fotografías. Justo a tiempo: Saldaña aparece en la puerta junto con dos policías.

Minutos después estoy asomado a una de las ventanas, intentando respirar algo de aire fresco. Miro la ciudad oprimida por un cielo gris, contaminado, cada vez más cercano. Pienso en el mar, en lo bien que me harían la brisa y el sol. Si no abandono pronto esta cloaca terminaré por convertirme en una rata más. Por lo pronto, ya tengo cola que me pisen.

Está a punto de anochecer y la redacción del periódico se encuentra en pleno ajetreo. Algunos van y vienen comentando las noticias que han conseguido, otros dejan caer una lluvia de dedos en sus teclados. Me he cruzado con Susana un par de veces pero ella ha evitado mirarme a los ojos. ¿Será posible que haya soñado lo mismo que yo la otra noche? Vuelvo a esas imágenes una y otra vez para conservarlas, pero comienzan a desvanecerse en mi cabeza. Me gustaría proponerle una sesión de fotografías. Reconstruir aquel sueño cuadro por cuadro. ¿Aceptaría? No me animo a averiguarlo. Sé que se siente poco atractiva y que tiene algunos complejos con su cuerpo —como la generalidad de las mujeres—, simple y sencillamente porque no es igual al de las modelos famélicas que hoy en día están por doquier —en la televisión, en las revistas, en los anuncios espectaculares—, como si formaran parte de una desesperada campaña publicitaria contra el hambre. Dudo que quisiera desnudarse frente a mí o frente a cualquier otro hombre que no le profesara un amor lo suficientemente grande como para soportar lo que ella supone es fealdad. ¿Estaré enamorándome de ella? Sólo me queda esperar que volvamos a compartir aquella zona de contrabando onírico. Si eso sucede, si los impulsos insisten en manifestarse de esa forma, entonces sabré que ella también me desea secretamente.

7

¿Es simplemente deseo lo que siento por la señora Patterson, o se trata de un sentimiento más complejo? Su presencia me distrae del trabajo. Siempre que pasa alguna temporada en la clínica sucede lo mismo: mi estado de ánimo se altera y me encuentro por lo general ansioso, buscando pretextos para hablar con ella. Hoy por la mañana le he quitado las gasas de la nariz y fue una experiencia de lo más extraña. Lo he hecho decenas de veces con otras pacientes, pero con Paula experimenté una fuerte excitación sexual. La tenía a mi merced, vulnerable, mientras extraía aquellas interminables tiras ensangrentadas; ella a punto de desvanecerse en mis brazos como una amante rendida. Su partida de la clínica se aproxima y me provoca sentimientos encontrados. Por una parte, mi vida en este lugar volverá a la tranquilidad, pero por otro siento unos celos tremendos: ella es una mujer libre —divorciada desde hace años— que cada vez sale de aquí más hermosa, más segura de sí misma y dispuesta a que el mundo se rinda a sus pies. Es absurdo, pues aquí se acuesta con el doctor Badial, pero al menos sé con quién lo hace. Los celos que siento son por los hombres anónimos que la esperan en la ciudad y que se deleitarán con ese cuerpo que he ido moldeando con mis propias manos, como una delicada figura de barro. En la noche cenaremos en el restaurante a la luz de las velas para celebrar el éxito de su operación y probablemente no la vuelva a ver hasta dentro de seis meses, cuando alguna otra cosa se le ocurra para regresar a los brazos del doctor Badial, y también a los míos, que seguirán prestos para continuar modificando su cuerpo con devoción.

Después de cenar con Paula y despedirme de ella, me voy a dormir. La inminencia de su partida me tenía más intranquilo que de costumbre, así que me dediqué a comer y beber en exceso. Me tumbo en la cama y pronto caigo en un profundo sopor, en un sueño espeso, de imágenes extrañas. La señora Patterson y el doctor Badial copulan sobre la plancha del quirófano. En medio de los senos ella tiene un tercer busto que le acaba de ser implantado; puedo ver las costuras aún frescas que dibujan un semicírculo alrededor del pecho. A un lado de la plancha y a la mano del doctor Badial se encuentra una pequeña mesa. Sobre ésta hay una serie de insólitos instrumentos quirúrgicos que nunca antes había visto y que más bien parecen objetos de tortura medievales. Las piernas levantadas de la señora Patterson aprietan el cuello del doctor Badial, quien la monta con frenesí. Ambos cuerpos parecen sudar profusamente, pero descubro que lo que sale de los poros de Paula es sangre. También me fijo en que tiene más costuras recientes en diversas partes del cuerpo, y comprendo que Badial no es más que un doctor Frankenstein que goza con esa criatura a la que acaba de dar vida. Siento desprecio por él. Me acerco por su espalda, tomo uno de los instrumentos quirúrgicos —una especie de bisturí con púas— y se lo clavo en la nuca. Él voltea a verme pero su rostro no es el del doctor Badial: es el mío, con los ojos en blanco, en éxtasis total, mientras el semen caliente se derrama en las entrañas de aquella creación.

Despierto en la oscuridad. Las sábanas y la almohada están empapadas de sudor. Confundido aún por las imágenes de aquella pesadilla, me levanto para tomar un poco de agua. Un avión cruza el cielo de la isla en la madrugada. Imagino que la señora Patterson va en él, hermosa y serena rumbo al encuentro de los cuerpos que la esperan en la ciudad.

8

Susana acaba de entrar al periódico acompañada de un hombre. Nunca antes lo había visto. Se sienta junto a ella y la observa mientras escribe alguna nota en su computadora. El tipo es muy atento: cuando Susana extrae un cigarro de su bolsa se lo enciende y más tarde le trae un cono con agua. Por momentos intercambian algunas palabras y ríen con complicidad. Y yo me pregunto qué pasó, en qué momento se me fue de las manos. Hace días que no hablo con ella. Tampoco la he vuelto a soñar. El sujeto trae una mochila. La abre y extrae de ella algo que me deja pasmado: una cámara fotográfica profesional. Se pone a retratar a Susana mientras trabaja. Ella parece divertida. Es absurdo, lo sé, pero no puedo dejar de sentirme traicionado. ¿Le habré transmitido yo a Susana, a través de mi sueño enfebrecido, la fantasía de relacionarse con un fotógrafo? Si fue así, entonces algo salió mal, pues está con el hombre equivocado.

Cuando llega la hora de la comida, se van del periódico. Un impulso de seguirlos se apodera de mí. Me levanto de mi lugar y enfilo hacia la salida. Sin embargo, me doy cuenta de mi penoso comportamiento. Parezco un ex amante celoso, y lo único que compartimos Susana y yo fue un sueño. Eso creo, al menos. Por la puerta de cristal los miro alejarse caminando. Puedo imaginar a Susana desnudando su cuerpo moreno ante él, dejando que su cámara la capture en la intimidad. Resignado, vuelvo a la redacción y le pregunto a Vallejo si no hay algún crimen por fotografiar. Necesito una dosis de realidad para olvidar este ridículo fracaso.

Por la noche en mi casa, ya más tranquilo, me doy cuenta de que en realidad no guardo resentimientos. Incluso me gustaría que aquel hombre compartiera conmigo las fotografías que le tome desnuda a Susana. Supongo que todavía no existen, pero ya las he imaginado todas. Cada ángulo, cada posición. Los posibles escenarios. Y es que pocas cosas son tan perturbadoras como tener acceso a las fotografías de una mujer conocida desnuda. Hay miles de buenos desnudos de mujeres anónimas, pero cuando te encuentras con los de alguna cercana, con quien has platicado y olido su perfume, su aliento, o le has mirado las manchas de sudor que se le forman alrededor de las axilas, no tiene comparación. Por mi parte, nunca he fotografiado a alguien que conociera previamente. Y si lo hiciera, no sería lo mismo. Es algo con lo que te tienes que topar, un hallazgo deslumbrante.

Un amigo que se dedica exclusivamente a retratar desnudos, tiene en sus archivos los estudios que les hizo —por separado y en momentos distintos— a dos conocidas mías. Alguna vez que bebíamos en su casa, ya borrachos, me lo confesó. Esa simple mención bastó para que yo cayera preso de una excitación y un morbo increíbles. Al principio no quería mostrármelos. Aseguraba que no tenían nada que ver con su trabajo profesional, y que los guardaba sólo para él. Por fortuna, su ética se ablandó conforme siguió bebiendo y terminó enseñándomelos. Eran un par de estudios excelentes. Y lo más insólito era que las secuencias fotográficas mostraban cómo cada una había ido liberándose poco a poco de su timidez, cómo se fueron sintiendo más cómodas ante el ojo de la cámara, hasta que rompieron el hielo y acabaron incluso haciendo gestos y poses obscenas, como si fueran unas profesionales de la industria erótica. Hoy en día todavía maquino la manera de entrar en casa de mi amigo y robarle ese preciado tesoro.

9

Aproveché que el doctor Badial salió a dar un paseo al pueblo para introducirme en su consultorio y robar por unos minutos los expedientes que guarda en un cajón de su escritorio. Se trata de los pacientes que han tenido complicaciones o intervenciones poco afortunadas. Él siempre se encarga de ellos, lo que ha despertado en mí una creciente curiosidad por conocer los detalles. Está, por ejemplo, el caso de Brisa Verduzco, quien, tras practicársele una mastopexia —cirugía para elevar los pechos caídos—, desarrolló una cicatriz hipertrófica. Esto sucede cuando la línea de sutura se agranda y estira. Para colmo le salió un queloides, un tumor benigno que produce un engrosamiento de la cicatriz. Hubo que tratarla con radioterapia, con una inyección de cortisona diluida y con un vendaje de gel de silicona. Lorena Urzúa: se le hizo un estiramiento del párpado inferior tan marcado que éste perdió el contacto con el globo ocular. Requirió una compleja reparación que incluyó varias intervenciones. Beatriz de la Cueva: tras una rinoplastia en la que se le eliminó demasiado hueso y cartílago, padeció una pérdida de soporte estructural de la nariz. Hubo que hacerle una rinoplastia secundaria, que resulta más complicada que la primera ya que la cicatrización de una nariz intervenida no es la misma. Finalmente, una paciente marcada como X. Sufrió una terrible infección después de una liposucción, que se propagó con velocidad a través de los túneles en el tejido graso. Casi muere.

Honestamente, ninguno de estos casos ha sido culpa del doctor Badial o mía. En la clínica somos siete los médicos cirujanos. Yo soy el más joven, y a pesar de eso llevo un récord limpio. Los otros doctores me tratan con recelo. Envidian mi talento precoz y el hecho de que Badial me nombrara subdirector de este lugar. En teoría, no tengo una mala relación con ellos. En nuestras horas libres jugamos en las canchas de tenis u organizamos partidos de water polo en la piscina. Conversamos sobre los últimos avances médicos en el gimnasio o en el restaurante. Pero sé que a mis espaldas conspiran. Les encantaría verme convertido en uno de los hombres de intendencia, practicando la estética con los retretes o removiendo entre la siniestra pila de desechos médicos que produce la clínica. También está la competencia encarnizada por seducir a las mujeres de la clínica —pacientes, enfermeras, empleadas en general—, la cual incluso llega a las apuestas. El único a quien podría considerar mi amigo —y con ciertas reservas— es a Salguero. Es casi tan joven como yo, por lo que nos entendemos mejor. A veces preferimos perseguir a las isleñas, de cuerpos pródigos y bronceados, y nos escapamos los domingos a los bares del pueblo. Salguero estuvo a punto de casarse con una de ellas. Para mí sólo son diversión. Jamás me enrolaría sentimentalmente con alguna. De hecho su físico está fuera de mis cánones de belleza, pero me gusta su sonrisa franca y la manera en que representan un universo opuesto a la clínica. Son de las pocas mujeres que

38

veo y no me dan ganas de operar. Corren descalzas por la playa y entran en los bares con la piel cubierta de arena. Llevan aretes y tatuajes en el ombligo. Nadan como auténticas sirenas más allá de las boyas de seguridad, y cuando regresan empapadas te obsequian algo que trajeron de las profundidades. A su vez, ellas ven la clínica como un mundo extraño y jamás se acercan por ahí. Dicen que es una especie de rastro para humanos. Un matadero. Yo me río y pido otra ronda de cervezas.

10 •

Matadero. Ése es el nombre de mi exposición. La estamos montando en las paredes de esta galería, ubicada en el sótano de un edificio abandonado. Rogelio, director del espacio desde hace varios años, está muy entusiasmado con mis montajes de crímenes sexuales. No me había animado a exponerlos debido a que en buena parte de ellos aparece Laura. Pero Rogelio fue a mi casa un día, los vio y me convenció de sacarlos a la luz. Ahora, mientras colgamos las fotos, sucede justo lo que me temía: mis deseos de encontrar a Laura se remueven y salen a la superficie, como serpientes despertando de un largo sueño bajo tierra. Pronto volverá a ser una obsesión. La inauguración es dentro de tres días. Han salido algunas notas previas en los periódicos y me han hecho un par de entrevistas en la radio. ¿Será posible que ella venga? Entonces me doy cuenta de que decidí hacer la exposición como un último recurso para atraerla. Laura sabe perfectamente que es la protagonista de esta serie de fotografías, incluso fue la primera en saber el nombre de *Matadero*. Lo que nunca vio fueron las fotografías reveladas. Y no creo que se resista a contemplar esta galería de la destrucción de la belleza.

Rogelio me pasa un cuadro, despertándome de mis ensoñaciones. Lo cuelgo en la pared. En él está Laura con las manos atadas tras la espalda, la boca amordaza y la carne desnuda. Y me juro que sí, que la he de encontrar de nuevo para planear juntos nuevas y exquisitas atrocidades, fantasías que sólo pueden realizarse con su cuerpo como escenario.

El día de hoy no me tocó cubrir ningún suceso sangriento. Quizá Vallejo intuyó que necesitaba un respiro. Me mandó a un desfile de modas. De cualquier manera, tampoco resultó muy agradable. Ver a todas esas chicas esqueléticas juntas sólo me deprimió. ¿A quién se le pudo ocurrir que las costillas y los omóplatos a flor de piel son sensuales? Durante el evento pude imaginar perfectamente a todas esas mujeres vomitando de asco frente a los espléndidos buffets de los hoteles en los que se ven obligadas a vivir, y en cambio ordenando al cocinero que les confeccione una ensalada con pasto y flores de los jardines junto a la piscina. Sobre la pasarela están los mismos pálidos fantasmas que pueblan las fantasías de millones de hombres, como si la desnutrición se hubiera convertido en el más poderoso de los afrodisiacos. ¿Dónde quedaron las curvas, las mujeres frondosas, saludables? El resto de los fotógrafos convocados al desfile utiliza sus cámaras con frenesí, como si se tratara de metralletas. Yo apunto con paciencia, como un francotirador con un rifle de largo alcance. Y es que estas chicas son tan parecidas a agujas que temo que mis disparos no acierten en el blanco.

De regreso en el periódico varios compañeros se me acercan, ansiosos, a pedirme que les haga algunas copias de las fotografías que revelé. Les digo que sí, que me esperen; antes tengo que organizar unos asuntos. Pero en realidad no hay mucho trabajo, así que utilizo la computadora para hacerles una broma. Realizo un montaje separando las cabezas de las modelos y pegándolas a una serie de cuerpos famélicos que tomo de un reportaje gráfico sobre el hambre en África. Después las imprimo, las entrego en sobres cerrados a mis compañeros y me voy a preparar un café.

11

En la sala de juntas, con la cafetera en la mano, me encuentro a Déborah, la nueva y deslumbrante enfermera. Me acerco a ella, nervioso, y le pido que me sirva un poco de café. Intento sonreír pero lo único que alcanzo a esbozar es una mueca torpe. Ella, en cambio, me devuelve una sonrisa afilada, contundente, que casi me decapita. Aprovecho la proximidad para observarla: rubia, esbelta, de facciones simétricas, perfectas. Es evidente que se ha operado, no sólo una sino varias veces, y eso la vuelve más misteriosa e inquietante. ¿Cómo fue antes? ¿Qué tan graves eran sus pecados corporales que decidió borrarlos? Quiero retenerla con cualquier pretexto pero no se me ocurre nada. Estoy pasmado ante la belleza y la seguridad que irradia su persona. Parece que ella se da cuenta y decide disparar primero:

—¿Le parece que hicieron un buen trabajo conmigo, doctor Azcárate?

—¿Perdón? —respondo, desconcertado.

—Me mira como si buscara las suturas en mi piel.

—Háblame de tú, seguro tenemos la misma edad —digo, intentando desviar la conversación.

—Como quieras. Entonces, ¿qué me pondrías? ¿Un ocho, un siete?

Tomo una bocanada de aire y digo:

—Lo que más me gusta de ti son tus ojos. Y ésos no te los has operado.

Por fin sonrío, satisfecho con mi respuesta.

—No estés tan seguro —dice antes de abandonar la sala de juntas—. Podría ser tu madre y ni cuenta te darías.

Me acuesto en la cama, pero no tengo sueño. Déborah ocupa mis pensamientos. No sé exactamente el tipo de sentimiento que ha despertado en mí. Es, sin duda, la mujer más atractiva que he visto en la clínica. Pero de momento no siento deseos de seducirla. Más bien me gustaría sostener largas conversaciones con ella, averiguar todo acerca de su vida. Quizá esto se deba a una especie de temor o respeto que me infunde su personalidad. ¿O tal vez estaré deseando, sin saberlo, un tipo de relación más formal? Lo cierto es que mi encuentro con ella esta mañana me dejó bastante inquieto. Debo estar alerta. Puede ser tan sólo un espejismo. Que esté confundiendo sentimientos con situaciones perturbadoras. Por ejemplo, el hecho de que alguien la ha operado y no he sido yo.

Es mejor dejar este asunto por ahora. Cierro los ojos e intento dormir.

Una hora después, mi cabeza sigue dando vueltas. El fantasma de la señora Patterson se ha desvanecido. Las risas de las chicas isleñas parecen ahora distantes. Alguien toca a mi puerta. La posibilidad de que sea Déborah, aunque lejana, me deja paralizado. No me atrevo a levantarme. Mi corazón palpita con fuerza. Ahora son golpes. Escucho la voz de Salguero. Al fin reacciono y abro la puerta. Me informa que una paciente ha sufrido una complicación postoperatoria y que Badial no aparece ni responde a los llamados a su puerta. Me visto rápidamente. Cuando llegamos, Déborah está con ella. Por la expresión de su rostro, parece que es demasiado tarde. Salguero y yo nos miramos, incrédulos. Nadie ha muerto en la clínica. Nos lanzamos sobre el cuerpo inerte e intentamos revivirlo. Esta noche no vamos a olvidarla jamás.

12

La noche de la inauguración llegó. Según Rogelio, promete ser inolvidable: la galería es un hervidero de gente. A mí eso me da lo mismo. Cambiaría esta multitud por una sola persona: Laura. Me muevo entre los grupos de personas, saludando a conocidos y aprovechando para buscarla. Pero todavía no aparece. Susana sí está aquí, con su nuevo galán. Ven con detenimiento las fotografías y comentan cada una, como descubriendo toda una gama de posibilidades insospechadas para sus propias fantasías. Tampoco me importa. Si en verdad fui yo quien despertó en ella, a través de mi sueño, su deseo de relacionarse con un fotógrafo, me parece lógico que ahora mis fotografías le marquen el camino a seguir, como señales intermitentes en la oscuridad de su libido. El ambiente, sofocado por una espesa nube de humo de cigarro que flota en el aire, y el zumbido constante de las conversaciones, comienzan a agobiarme. Acepto la copa de vino blanco que me ofrece un mesero y me resguardo en un rincón apartado. Un sujeto desconocido se aproxima a mí. Es de baja estatura y viste traje blanco. Me extiende una mano sudada y me dice:

—Felicidades, Esquinca, tus fotografías son extraordinarias. Perturbadoras y elegantes al mismo tiempo. De una violencia estilizada y un erotismo sin complejos.

Finjo una sonrisa como respuesta. Su piel pegajosa me da escalofríos, así que me apresuro a retirar la mano.

—No tengo intención de abrumarte con mis comentarios sobre tu obra —me dice, comprendiendo que no estoy de humor para conversaciones sesudas—. Así que iré directamente al grano. Te tengo una propuesta. Represento a cierta persona que está conectada con tu sensibilidad y a la que, estoy seguro, le encantaría le hicieras un trabajo especial.

Me extiende una tarjeta. No ha dejado de mirarme fijamente a los ojos.

—Llámame. A mi jefe lo que le sobra es dinero y lo que le falta es gente que lleve a cabo sus ideas. Por lo pronto, me llevo la mitad de tus fotos para su colección particular. No pude comprarle todas porque alguien se me adelantó con las demás.

Nuestras manos vuelven a estrecharse. Esta vez me cuesta más trabajo liberarme de la suya. Cuando por fin se aleja, me siento aliviado. Tipos raros abundan en los eventos de esta galería subterránea, pero no logro acostumbrarme a ellos. La tarjeta tiene un número telefónico y un nombre congruente con su personalidad: "Mr. Freak".

Minutos después dejo mi copa vacía sobre la charola de un mesero e intercepto a Rogelio.

—¿Dónde te metes? —me dice al tiempo que me abraza, excitado—. Ya se vendió todo.

—¿En serio?

Me jala del brazo y me conduce entre la gente.

—Quiero presentarte a una mujer sensacional que compró la mitad de tus fotografías. No lo vas a creer.

Siento una punzada en el estómago. ¿Será posible

que…? Rogelio me lleva ante un grupo de personas. Ninguna de ellas es Laura. Se dirige a una rubia.

—Martha, te traje al genio detrás de todo esto —dice, como un padre orgulloso.

La mujer en cuestión es joven, de una belleza fría, artificial. Tengo la sensación de haberla visto en otro lado. Lleva puesto un vestido negro de tirantes. En uno de los hombros tiene tatuada una pequeña rosa negra. No me interesa conversar con ella, así que después de intercambiar algunas frases de cortesía me disculpo y —ante la mirada incrédula de Rogelio— salgo a la calle en busca del aire fresco de la noche.

• 13

Según el doctor Badial, tuvimos suerte. La paciente que murió —de ahora en adelante habrá que llamarla la señora X— vivía sola y no tenía parientes. Al menos ninguno lo suficientemente cercano como para preocuparse por su ausencia. Esa misma madrugada nos deshicimos del cuerpo en el incinerador de desechos de la clínica. No podíamos permitir que esa muerte accidental pusiera en peligro la reputación que habíamos construido, literalmente, con nuestras propias manos. Déborah, Salguero y yo lo entendimos así, y una vez que el cuerpo desapareció entre las llamas ninguno volvió a mencionar el asunto. Lo curioso es que el resto de los médicos y pacientes no ha notado la ausencia de la señora X. Al menos nadie ha dicho nada al respecto. ¿Intuyen acaso que es mejor no preguntar, que la respuesta representa un probable destino para ellos? En el paraíso —y este lugar lo es a su manera: una isla, sol, mar y cuerpos que se recuperan después de haber sido renovados en la esperanza de la belleza— nadie quiere oír malas noticias. Puede ser también que entre tantos vendajes, ojos rojos y pieles amoratadas e hinchadas los pacientes representen una masa informe y homogénea, en la que no se distinguen unos de otros. Finalmente todos son convale-

cientes, cuerpos envueltos en un capullo esperando su rena-
cimiento.

¿Dónde estaba el doctor Badial cuando ocurrió el inci-
dente? En su cuarto, dormido, me confesó más tarde en priva-
do. Había caído en un profundo sueño desde la tarde y no
pudo levantarse a hacer la guardia nocturna de la que era res-
ponsable ese día.

Déborah se ha convertido en una persona importante en estos
días difíciles. Su agradable presencia y su fuerte carácter nos
animan a todos. A veces incluso parece tomar decisiones cuando el doctor Badial titubea. He logrado acercarme a ella. Nuestros paseos por la playa de la clínica comienzan a hacerse habituales. Conversar con Déborah me distrae de las presiones del
trabajo y me conforta. Sin embargo, no he logrado averiguar
mucho sobre su pasado. Es muy reservada al respecto. Pode-
mos platicar sobre mil temas, pero siempre que intento escar-
bar en su vida privada no consigo mucho. Supongo que eso la
vuelve más interesante. Por mi parte, pienso seguir intentando.
Siento que su corazón es como una cebolla a la que hay que ir
quitándole capa tras capa hasta penetrar en el núcleo. Mis
demás compañeros, evidentemente, también están interesados
en ella. Contrario a otras mujeres que se han visto en esa misma situación, Déborah parece disfrutar con el asedio y lidia
con nosotros como un pastor lo hace con su rebaño. Es, sin
duda, un ser superior en la escala evolutiva. Su belleza arranca
los párpados. Podría servir para hacer un molde con el que se
fabricaría toda una generación de mujeres perfectas. Déborah
lo es porque ya pasó por el quirófano. La belleza natural es
imperfecta. La belleza verdadera es la que ha sido transforma-

da. Porque se nos ha dado a los hombres el poder de crearla. Todos necesitamos aunque sea un poco de ayuda, y mientras no consumemos la unión entre la carne y el bisturí, nuestros cuerpos están incompletos. Pero no hay por qué preocuparse. Para eso nosotros estamos aquí. Nadie puede ser excluido. Hoy en día la belleza es un derecho tan básico como cualquier otro.

14 •

Por fin, frente a mí, está Laura. Y compruebo que su belleza es
única, irrepetible. Lo más genuino que he visto en mi vida.
¿Por qué se tardó tanto en volver?, me pregunto, mientras ella
se desnuda con naturalidad. Su piel blanca resplandece en la
penumbra, como si por sus venas fluyera un neón orgánico.
¿Estamos en mi estudio? Tomo la cámara fotográfica. Extrañamente tengo conciencia de que me encuentro en un sueño real.
¿Qué habrá en estas fotografías cuando las revele al despertar?
¿Es posible fotografiar los sueños? ¿No son, los sueños mismos, polaroids que la mente toma a nuestros más profundos
anhelos y temores? Disparo apresurado, como si temiera que
Laura pudiera desvanecerse en cualquier momento. Esta vez
no se pone ningún atuendo. Ha venido a entregarme su carne,
que es luz pura. Por momentos centellea tanto que parece una
bola de fuego. Yo sigo utilizando la cámara, aunque en el fondo
sé que de nada sirve atrapar a Laura en fotografías. Porque hasta de ellas es capaz de fugarse.

Despierto en mi cama. Una luz potente me lastima los
ojos. Me levanto, pensando que tal vez sigo soñando, pero no
tengo ninguna cámara en las manos. Un sentimiento de zozo-
bra me invade repentinamente. Necesito abrazarme al cuerpo

de Laura. Con paso titubeante me acerco a la fuente de luz, esperanzado de descubrir tras ella su cuerpo desnudo. Pero sólo palpo el vidrio de la ventana. El sol ya está en lo alto y a mí se me ha hecho tarde para llegar al trabajo.

Vallejo y yo nos damos una escapada al bar que está frente al periódico. Nos sentamos a la barra y pedimos un par de cervezas. Aunque apenas es la hora de la comida, ya hay una cantidad considerable de borrachos vociferando en las mesas. De cuando en cuando se unen al ambiente las canciones que va poniendo al azar la rocola. Vallejo no está enojado conmigo por mi llegada tarde. Sin embargo, aprovecha el momento para sondear mi estado de ánimo.

—Te he notado un tanto *distraído* últimamente. ¿Todo en orden?

Antes de responder, como unos pocos de los cacahuates que nos dio el barman.

—El asunto de la exposición me tenía preocupado, pero ya pasó.

—Quizá *distraído* no es la palabra. Me atrevería a decir que *deprimido*...

—¿Tú crees? Todos tenemos nuestros días buenos y malos.

Siento que la conversación puede tomar un giro denso, así que me apresuro a agregar:

—Pero como dice la frase: "No te preocupes por esta vida. De todos modos no vas a salir vivo de ella".

Vallejo sonríe. Da un trago a su cerveza y me dice, más serio:

—Creo que la cobertura de la nota roja ha comenzado a *agobiarte*.

Un eufemismo más. ¿Por qué no me dice que cree que me estoy volviendo loco? ¿En verdad pensará eso?

—Quizá sólo me hace falta un cambio de aires.

—No hay problema. De ahora en adelante te daré otro tipo de asignaciones.

Pido otra ronda de cervezas.

—No me refiero a eso. Hablo de un cambio de lugar.

—¿Otro trabajo? —dice, sorprendido.

—Otra ciudad. Mejor aún: ¿qué te parece el mar?

• 15

Me encuentro visitando a Rebeca, una paciente a la que se le hizo una liposucción. Está acostada en su cama, enfundada en la faja elástica que se le puso tras la operación y que le cubre todo el cuerpo como un traje de buzo blanco. La sangre continúa drenándole de los pequeños agujeros estratégicos por los que le retiramos quince kilos de grasa. Se le forman círculos rojos alrededor de esas heridas, como si hubiera sido víctima de un atentado con un rifle de perdigones. Ayer, recién operada, la ayudé a ir al baño pues estaba bastante mareada. Mientras caminaba, de su cuerpo salían chorros de líquido como si fuera uno de esos personajes de caricatura que salen del agua con el cuerpo pinchado. Un espectáculo curioso pero completamente normal. Le recuerdo las precauciones que debe tomar: procurar no caerse, ya que utilizamos la misma grasa que le quitamos del abdomen y los brazos para ponerle nalgas, y eso deformaría irremediablemente el trabajo. No ponerse sostén ni calzones y utilizar ropa holgada durante cuatro semanas, ya que cualquier marca que se le haga a su piel en estos momentos le quedaría para siempre, como un tatuaje. Por último, consultar un nutriólogo, porque de ahora en adelante no puede volver a engordar; eso la convertiría en una especie de fenómeno, ya que la grasa no se vuelve a formar en las partes donde fue retirada, y entonces se le harían bolas en lugares insospechados. Rebeca está contenta, aunque comienza a entrar en una parte natural del proceso en que siente que traicionó a su cuerpo y que dejó de ser quien era. Y en efecto: ya no es la misma. Ahora es mejor.

Salguero no ha podido superar todavía lo que sucedió con la señora X. Me doy cuenta de ello mientras jugamos en las canchas de tenis. No está concentrado. Incluso estoy a punto de ganarle el partido —cosa que nunca ha sucedido—, y por un amplio margen. Es mucho mejor tenista que yo. Pero un juego es un juego, y yo me empleo a fondo para consumar la masacre. Es un día agradable. El sol inunda cada rincón de la clínica y la brisa marina mece las palmeras. Las olas muerden la orilla de la playa, produciendo una música constante. Algunos pacientes pasean alrededor de la piscina, activos a pesar de que se mueven trabajosamente, como si el dolor les recordara que están más vivos que nunca. No recuerdo quién dijo esta frase, pero podría servir de máxima en este lugar: "Es mejor sentir dolor que no sentir nada". Me estoy acercando a la victoria. A pesar de que me encuentro exhausto, con cada golpe de raqueta mi fuerza aumenta. Salguero intenta responder mis boleas, pero no logra siquiera superar la red. Estoy en completo control de mis energías. El entorno me estimula. Un guacamayo grita desde la rama de un árbol. Una iguana se desliza por la barda de ladrillo caliente. Una gaviota cae en picada sobre el mar y devora un pez. Las olas revientan, crecidas de pronto. Cada poro de mi piel rezuma sal y sudor. Una paciente se acerca a la reja a ver el juego. Sus ojos inyectados de sangre me observan. Sus pechos nuevos, inflamados de silicona, destacan por debajo de su bata. Tengo una erección. Lanzo la pelota al aire y realizo un saque contundente, perfecto. En un último esfuerzo, Salguero estira su cuerpo al máximo —la raqueta como una prótesis de granito agregada a su brazo— y cae sobre la arcilla. Pero no puede hacer nada ya. Lo he derrotado.

II
BELLEZAS MUTANTES

16

Nunca me había tocado presenciar un caso de esta naturaleza. Primero apareció un dedo humano en un bote de basura, en las inmediaciones de un apacible vecindario. Tenía la uña pintada de rojo y un anillo de plata aún puesto. Pertenecía a una mujer. Saldaña y yo cubrimos la nota. Pronto fuimos informados de nuevos hallazgos. Y comenzó la odisea. A lo largo del día se encontraron más restos —después se supo que del mismo cuerpo— esparcidos en buzones, contenedores, aljibes, fuentes y jardines. Todo en un radio de no más de diez kilómetros. Los rastros condujeron a la policía hasta la última pieza del cadáver —la cabeza—, colocada en la cochera de una casa abandonada. En las paredes estaba escrita con sangre la siguiente frase: "No podía soportarte. No podía soportar tu belleza".

Perdí la cuenta de las bolsas negras que iban guardando aquel rompecabezas orgánico. Creo que conté veinte. También de las veces que devolvimos el estómago todos los involucrados. Hasta el momento, los investigadores no tienen ninguna hipótesis. La única pista es tan confusa como algunos de los fragmentos encontrados. Diversos testigos afirman haber visto a una mujer rubia, vestida de blanco, rondando los lugares donde posteriormente aparecieron los pedazos. Lo extraño es que todos coinciden en mencionar exactamente la misma hora, como si la sospechosa poseyera el don de la ubicuidad.

Por la noche, ya en mi casa, mientras intento distraerme mirando cualquier cosa en la televisión, recibo una llamada telefónica. Es Mr. Freak. Me sorprende, pues yo nunca le di mi número. Lo había tomado por un tipo raro que había comprado la mitad de mi exposición, pero parece que aquella historia de su jefe y un posible trabajo va en serio. Quiere que lo conozca. Es un tal señor Newton. Quedó sumamente entusiasmado con mi obra y desea que haga algo especial para él. Algo en mi estilo, pero con ideas suyas. Y yo que creía que el excéntrico era Mr. Freak. Si ese señor forma parte de los Newton de los que he oído hablar, entonces tiene mucho dinero. Es una familia de empresarios extranjeros que emigró al país hace bastantes años. Tienen cadenas de hoteles, restaurantes y cines. También han estado involucrados en la vida política. Son poderosos y respetados. Mr. Freak insiste en que me entreviste con él, y aunque aún no estoy muy seguro apunto los datos que me proporciona. Le agradezco el interés y cuelgo el teléfono. Dinero y perversión es una combinación tan interesante como peligrosa. ¿Qué irá a proponerme ese hombre? La curiosidad me atrae más que la paga. Sigo indeciso. La cita es dentro de tres días, tiempo suficiente para tomar una decisión. Por ahora ya no quiero pensar.

Me abandono a las imágenes de la pantalla. Cambio de canal continuamente. Intento alejar mi mente de las preocupaciones del mundo real. A menos que te pongas a mirar un noticiero, la televisión es un buen sedante. Lo mejor son los documentales sobre animales en remotas selvas y planicies. O en las profundidades del mar. Nada más extraño y ajeno que eso. Sus avatares para conseguir comida, refugio o agua en tiempo de sequía. Incendios, derrames petroleros y demás desastres ecológicos que enfrentan. Sigo apretando los botones del control. Estoy exhausto pero no tengo sueño. Encuentro un especial sobre tiburones blancos. Lanzan dentelladas brutales, desgarrando la carne de sus presas. Cambio de canal. Una película pornográfica. Cuerpos desnudos, jadeantes. Regreso a los tiburones. El mar se tiñe de rojo. Vuelvo al filme. Bocas abiertas, gemidos. Me levanto al baño. Siento náuseas, pero ya no queda nada por vomitar.

17

La sangre sale a borbotones. Controlo la hemorragia y prosigo con la operación. Déborah es mi asistente. Me extiende el material quirúrgico y me limpia el sudor de la frente. Realizo una mamoplastia de aumento. Coloco los implantes artificiales y suturo. Entonces ella me dice que debo consumar el sacrificio. Que soy el sumo sacerdote. El bisturí está en mis manos; el pecho de la víctima, expuesto. Asiento. Me dispongo a arrancarle el corazón, pero Déborah me indica que no se trata de un culto ancestral. ¿Acaso no he comprendido? Hay que ofrendar los senos a los dioses de la belleza. Esos senos perfectos, recién purificados por el bálsamo de la silicona. Después podremos consumar nuestro matrimonio sobre este altar ensangrentado. Obedezco y rebano los pechos como frutas maduras. Déborah me besa sin quitarse el tapabocas. Me acaricia con el látex de sus guantes. Yo paso los instrumentos quirúrgicos por su cuerpo, como dedos mecánicos. Éste es el sexo posthumano, me dice Déborah al oído. Parte de la evolución. No hay que tener miedo de nuestro destino. Mi excitación llega al límite y eyaculo en mi propia ropa interior. Ella se inclina y recoge mi semen en una probeta. La guarda en un bolsillo de su bata y abandona el quirófano. Los pechos ofrendados tiemblan como criaturas recién nacidas.

Despierto en la oscuridad de mi habitación, empapado en sudor. Esto ha sido demasiado real para un sueño, me digo. Puedo sentir todavía los guantes de Déborah sobre mi piel. Su aliento caliente a través de la tela del tapabocas. El olor de la sangre fresca en el quirófano. Remuevo las sábanas, desconcertado, buscando entre ellas un cuerpo. ¿Vivo o muerto? No hay nada. Sólo los rescoldos de una pesadilla vívida y poderosa.

El doctor Badial sufrió dos infartos hace una semana. Sobrevivió, pero quedó muy disminuido físicamente. Y asustado. Desde entonces reposa en su cama, cuidado permanentemente por una enfermera. No tiene ánimos de moverse. Yo he tomado por completo las riendas de la clínica. Déborah se ha convertido en mi brazo derecho. Realmente no sé qué hubiera hecho sin ella. Las pacientes preguntan por el doctor Badial y tenemos que decirles que se tomó unas merecidas vacaciones. De algún modo es cierto. Lleva más de treinta años ejerciendo la profesión. Y aunque siempre ha sido un hombre fuerte y saludable, ahora su cuerpo ha comenzado a pasarle la factura. De cualquier modo, todos esperamos que se reponga y pronto vuelva al trabajo. Por supuesto, de ahora en adelante ya no podrá tener las mismas responsabilidades. Lo que hemos acordado todos los doctores es reincorporarlo como la cara visible de la clínica —relaciones públicas, por decirlo de algún modo—, pero no debe volver a operar. Difícilmente aguantaría la presión. Además, sería un gran riesgo para los pacientes. Lo cierto es que su imagen es muy importante para este lugar. De hecho, no diremos nada a los accionistas sobre su delicado estado de salud. Todo marcha bien. Siguen llegando pacientes y nosotros les damos lo que necesitan: una nueva imagen a cambio de

unas cuantas heridas. Lo dice la vieja frase: "Renovarse o morir".
Y eso es válido también para la clínica. Déborah me lo hizo ver
muy claramente después de que el doctor cayó herido como
por un rayo invisible. Yo me encontraba desconcertado y deprimido, pero ella me ayudó a entenderlo. El ciclo de Badial ya
pasó. Y no hay nada malo en ello. Vienen otros tiempos. La vida
es como la belleza: se crea, se destruye, se transforma.

18

La limusina negra llega puntual. Fui citado a las siete de la tarde en esta gasolinera a las afueras de la ciudad. La puerta se abre y Mr. Freak me invita a subir. Dentro sólo estamos él y yo. Me ofrece una copa de champaña que acepto gustoso. Conversamos sobre trivialidades mientras el automóvil toma la carretera. Suena un teléfono celular. Mr. Freak lo extrae del bolsillo interior de su saco blanco e intercambia algunas frases crípticas con su interlocutor. Supongo que es el señor Newton, averiguando si su nuevo juguete va en camino. La limusina gira en una carretera secundaria y se adentra en el campo. El sol se oculta con rapidez. Antes de llegar a nuestro destino, ya es de noche. Por la ventana alcanzo a distinguir la silueta de los árboles. Estamos en el bosque. Mr. Freak no ha dejado de observarme. Aunque su conversación es en apariencia superficial, tengo la misma sensación que cuando lo conocí en la galería, como si estuviera evaluándome todo el tiempo. Finalmente llegamos ante una verja. Un vigilante la abre y nos deja pasar. Al fondo del camino de entrada se alza una enorme casa. Cuando bajamos del automóvil puedo apreciar el pésimo gusto en arquitectura que tienen ciertos millonarios: cúpulas por todas partes, columnas estilo Partenón y enormes vidrios polarizados. Pero no creo que el señor Newton la haya mandado construir. Probablemente se la compró a un narcotraficante. Es una guarida perfecta. Su auténtica casa debe estar en algún rascacielos a orillas de la ciudad, desde donde puede contemplar la extensión de su imperio. Al entrar reafirmo mis sospechas: no hay calor de hogar, más bien vastos salones que imagino como el escenario perfecto de bacanales y orgías. Lo más inquietante es que en diversos lugares estratégicos del techo descubro cámaras semiocultas. Llegamos a una estancia dominada por una enorme chimenea. Ante el fuego que arde nos aguarda el señor Newton. Viste una bata de seda roja. Es un hombre alto y delgado, de pelo cano y bigote de puntas levantadas. Cuando estrecho su mano veo que las llamas se reflejan en el fondo de sus pupilas. Aunque este hombre parece más bien un venerable abuelo, no puedo dejar de estremecerme al recordar aquella frase que dice que más sabe el diablo por viejo que por diablo.

De regreso en casa busco algo para beber, pero mis botellas están vacías. Salgo a la calle y me encamino a la licorería más cercana. Hace frío. Meto las manos en los bolsillos del pantalón. La propuesta del señor Newton me tiene desconcertado. No me dejó tomar una decisión en ese momento. Quiere que lo piense con calma. La semana entrante Mr. Freak me contactará para saber mi respuesta. Compro una botella de ginebra y hielos. Mientras espero mi cambio observo, debajo de una parada de camión y protegida por las sombras, a una prostituta. Cuando pasan los coches se acerca al borde de la calle. Es muy atractiva. Tiene piernas largas, enfundadas en botas igualmente largas. Por fin alguien se detiene y baja el vidrio. Tras un breve diálogo llegan a un acuerdo y se marchan. El coche se aleja lentamente por la calzada, como si el conductor estuviera dándose tiempo de pensar qué hacer con ese pródigo cuerpo. Si yo estuviera en su lugar, no la llevaría a un motel. Estacionaría el automóvil en una esquina oscura y me consagraría a la labor de ensayar —en ese espacio tan reducido y con unas piernas de esas dimensiones de por medio— incómodas e insospechadas posiciones. Sus muslos por encima de mis hombros, quizá; los tacones intentando romper los vidrios o el techo en busca de más sitio, como una criatura que resquebraja el cascarón para nacer a la noche. Las botas, prótesis vitales, nunca se las quitaría.

19

En la recepción veo a Michelle registrándose. La saludo y le doy la bienvenida. Es una mujer que sería bellísima si no fuera porque en un accidente perdió la mitad de la pierna derecha. De hecho tenía una exitosa carrera como modelo. Ahora lleva una prótesis. Todavía posa para las cámaras, pero sólo para campañas en pro de los discapacitados. Hace poco vi un desnudo suyo en una revista. Un cuerpo formidable aunque incompleto. Lástima. Desgraciadamente la ciencia médica y específicamente la cirugía estética no han avanzado lo suficiente como para corregir esos daños. Algún día, sin duda, podremos remplazar partes del cuerpo humano como si fueran piezas de un automóvil. Mientras tanto, Michelle tiene que venir a esta clínica, y no precisamente a operarse sino a vacacionar. Supongo que entre todas estas mujeres convalecientes se encuentra más cómoda. Todos los veranos viene y se queda varias semanas.

Le ayudo con su maleta y la acompaño a su cuarto. Mientras me platica las vicisitudes de su vuelo, viene a mi mente la imagen de su cuerpo desnudo. ¿Cómo será hacer el amor con ella? Y aunque el hecho de tener esta inquietud me desconcierta, de pronto ya estoy despojándola de la ropa e incluso de la prótesis, acariciando ese terrible muñón para hacerla sentir aceptada, antes de explorar los demás territorios de su carne. Cuando llegamos ante su puerta me descubro sintiendo más repugnancia que excitación, y sin embargo reconozco que si ella me lo pidiera en este momento no dudaría en llevarla a la cama. Minutos después, camino a mi consultorio, me tranquilizo pensando que esta extraña fantasía se evaporará en cuanto vea a Déborah.

Salguero nos cita a Déborah y a mí en su consultorio y nos advierte que los otros doctores están conspirando en mi contra. No me quieren de director de la clínica. Me ven como un interino pero no como el líder definitivo. Desconoce los detalles de su plan. Ellos saben que Salguero es el más cercano a mí y se lo han ocultado.

—Era de esperarse, siempre me han envidiado —digo, intentando aparentar que no me preocupa demasiado.

—Eso es cierto —dice Salguero—, pero la diferencia es que esta vez tienen una buena oportunidad para tumbarte.

—Badial se recuperará. Entonces no les quedará otra que calmarse.

Miro a Déborah, esperando que diga algo que me conforte. Pero no es así.

—Aunque el doctor se recupere —dice—, no volverá a ser el mismo. Tenemos que estar alerta. Estás más vulnerable que nunca.

—Déborah es la persona más lista en la clínica —dice Salguero—. Hazle caso…

—¿Y qué hago? ¿Los despido a todos? Saben que no puedo.

Salguero mira la superficie de su escritorio. Después levanta los ojos y me dice:

—Creo que deberías contactar al resto de los accionistas antes de que ellos lo hagan. Porque seguramente eso es parte de su plan.

—¿Y qué les digo? ¿Acuso a los demás como en la escuela? Por favor...

Déborah hace un gesto con la mano, pidiéndonos calma.

—Tranquilos. Ya se nos ocurrirá algo.

20

Ayer, mientras desayunaba en un café cercano al periódico, vi
pasar por la ventana a Teresa, la única amiga que le conocí a
Laura. Era su compañera en la escuela de enfermería. Corrí tras
ella y le supliqué que se sentara un momento a conversar conmigo. Me dijo que llevaba prisa, pero quedamos de vernos
para comer en ese mismo lugar. Llegué media hora antes a la
cita y sentí que ella nunca vendría, pero apareció puntual.
Teresa tampoco sabía nada del paradero de Laura. Tenía casi
tanto tiempo como yo sin verla. Parecía que se la había tragado
la tierra. Le hice un auténtico interrogatorio, solicitándole todo
tipo de detalles, en busca de alguna pista. Ella se fue abriendo
poco a poco y comenzó a contarme cosas. Lo más significativo
fue que Laura formaba parte de un extraño grupo que se junta-
ba por las noches en un antiguo cine abandonado. Gente que
se reunía a hablar sobre algo que denominaban *modificación
corporal*. Una especie de doctrina que promulgaba que el cuerpo era un vestido que podía cambiarse. La herencia genética,
una desafortunada imposición que debía ser transformada. La
naturaleza humana, una idea obsoleta. Laura intentó involu-
crarla y la llevó una vez, pero Teresa no quiso regresar. Tampoco entendió por qué Laura acudía a aquel lugar: las figuras que

vio en la penumbra iluminada por velas intimidaban. Recordaba particularmente a un hombre con el brazo amputado, a una mujer con unos senos descomunales y a una señora con un rostro indescriptible, marcado por unas protuberancias en las sienes y el cuello, producto seguramente de insólitos implantes. Debido al rechazo de Teresa a aquel grupo, Laura se distanció de ella. Poco tiempo después desapareció.

Le agradecí a Teresa su tiempo, no sin antes solicitarle las señas para llegar al cine. Esa misma noche lo visité.

El cine está cerca del centro, en una zona donde abundan los locales clausurados o abandonados. No se puede llegar en automóvil: hay que atravesar una serie de pasos peatonales. Enfilé con decisión hacia la puerta abierta de la reja, pero cuando quise entrar un tipo corpulento salió de las sombras y me impidió el paso. No me conocía, dijo, y si yo no conocía a alguien, no podía dejarme entrar.

—Busco a Laura —le dije.

—Aquí no hay ninguna Laura.

En ese momento llegó un grupo de personas. Entre ellas reconocí a Martha, la rubia que había comprado la mitad de mis fotografías.

—Disculpa —le dije, acercándome—, ¿me recuerdas?

Ella me miró con expresión seria y negó con la cabeza.

—Soy Esquinca —me apresuré a decir—. El fotógrafo. Nos conocimos en una exposición mía. Compraste unas fotografías...

—Lo siento. Creo que me confundes.

El hombre corpulento se acercó.

—¿Te están molestando, Nuria?

—No —dijo—, sólo es un malentendido.

Me sonrió forzadamente y se metió al cine.

—Ya te vas, ¿no? —me dijo el sujeto, cruzando los brazos.

Bajé la cabeza y me alejé, desconcertado. Unos pasos más adelante, miré por encima de mi hombro: el tipo corpulento continuaba en la misma posición, observándome atentamente. Seguí caminando. La luna llena iluminaba a las ratas agazapadas en las sombras.

21

  •

Me encuentro solo en el baño de vapor del gimnasio, intentando aclarar mis ideas. Es de noche, por lo que es poco probable que alguien venga a interrumpir mis pensamientos con alguna conversación forzada. Últimamente los demás doctores me abordan con preguntas de todo tipo, insistentes, como si estuvieran estudiando mi estado de ánimo o buscaran mi punto débil. Necesito un plan antes de que sea demasiado tarde. Badial no da señales de recuperar el ánimo. Parece un rey envenenado, paralizado en su cama mientras los demás intentan apoderarse del reino. Decidí dejar de visitarlo. Contesta con monosílabos y tiene la mirada perdida. En estos momentos debo ocuparme de mis propios asuntos. El baño me sienta bien, pero de pronto comienzo a sentirme más sofocado y una espesa nube de vapor se aprieta a mi alrededor. Alguien ha modificado la temperatura. Molesto, me levanto para reclamar, a quien sea que piense meterse, su falta de consideración. Veo una sombra que se aproxima. Antes de recibir un golpe en el rostro, distingo entre la cortina de vapor un pasamontañas negro. El golpe no es muy fuerte, pero mis pies resbalan en el suelo húmedo y caigo. Intento levantarme pero una patada me tiende de bruces. Entonces el agresor se lanza sobre mi espalda y comienza a ahorcarme con un pedazo de cuerda. Desesperado, busco liberarme. Manoteo y me sacudo, pero no consigo nada. Me estoy quedando sin aire. Cuando siento que me desvanezco, alguien más entra en el baño y derriba al atacante. Se enfrascan en una breve lucha cuerpo a cuerpo y finalmente el sujeto del pasamontañas decide huir.

—¿Estás bien?

Reconozco la voz de Salguero. Me ayuda a levantarme y salimos del vapor.

¿Quién intentó matarme? La duda me da vueltas en la cabeza todo el tiempo. Llevo dos días encerrado en mi habitación. Temo salir. Nunca creí que las cosas llegaran a este punto. Déborah piensa que debo ser más fuerte y que lo peor que puedo hacer es mostrar miedo a mis enemigos. Por lo pronto, ella se encargó de reportarme enfermo. Y puso un bisturí en el bolsillo de mi bata. Si vuelvo a ser atacado, debo defenderme. Matar o morir —dice Déborah— es una ley tan antigua como la más primitiva de las especies. Que no me preocupe llevarla a cabo. Pero es precisamente eso lo que me angustia. No tanto mi vulnerabilidad, sino de lo que ahora me siento capaz. La mezcla de miedo y coraje que se ha apoderado de mí no me dejará titubear a la hora de degollar a cualquier otra persona que intente deslizarse a mis espaldas. Al principio quise tomar tranquilizantes, pero Déborah me los quitó. Salguero también está asustado. Desea ayudarme, estar cerca de mí, pero teme que eso lo ponga en peligro. Dice que deberíamos largarnos de aquí, buscar otro trabajo. Pero no voy a rendirme tan fácilmente. La clínica me pertenece a mí más que a nadie. Después de anoche ya no seré presa fácil. Ahora estoy alerta. Antes de doblar cualquier esquina, meteré mi mano en el bolsillo de la bata. Vigilaré cada rincón, cada sombra que se mueva a mi alrededor. Ya no me encontrarán desnudo y frágil tras una nube de vapor. Saldré de mi encierro como un animal herido. Déborah tiene razón. Ahora son ellos los que se tienen que cuidar de mí.

22

Mr. Freak me ha estado buscando, pero no le he tomado las llamadas. La propuesta del señor Newton es interesante pero implica abandonar la ciudad, y ahora que poseo una buena pista que me puede llevar a Laura no pienso ir a ningún lado. Tengo que buscar la manera de infiltrarme en las reuniones nocturnas del cine abandonado. Martha fingió no conocerme la otra noche —curiosamente, ahora que recuerdo, el guardián de la entrada la llamó por el nombre de Nuria—, pero pienso insistir con ella. De hecho creo que es mi única oportunidad. Le pedí a Rogelio que me arreglara una cita. No tiene sus datos, pero ya se está moviendo para conseguirlos entre los habituales de la galería. Aunque el guardián haya negado conocer a Laura, estoy seguro de que ella tiene aún algo que ver con ese grupo. Martha compró la mitad de las fotografías de mi exposición, escogiendo específicamente aquellas en las que aparece Laura. Eso indica que estoy más cerca que nunca de encontrarla. La idea me estremece. Deseo ese momento, pero si llegara a suceder no sabría qué decirle. Quizá, para romper el hielo, la llevaría a mi estudio y le tomaría fotografías. Pero si ella —confortada por la familiaridad y la calidez del ojo de mi cámara— comenzara a desnudarse, no sé si yo sería capaz de soportar de nuevo la revelación de esa belleza. Entonces recuerdo la sentencia que fue escrita con sangre en las paredes de un garaje aquel día terrible. Y de alguna oscura manera entiendo que es cierto, que quien cometió tal crimen tiene razón: hay cierto tipo de belleza que no puede soportarse porque no se posee. La diferencia es que algunos matan por ella y otros tomamos fotografías hasta enloquecer.

La propuesta del señor Newton es que le tome fotografías de desnudo a una ex modelo a la que le falta una pierna, llamada Michelle. Ella aceptó la sesión a cambio de una considerable donación de dinero a una asociación que se dedica a apoyar a los minusválidos. Según me explicó a su vez Mr. Freak, en estos momentos Michelle se encuentra vacacionando en un lugar mitad clínica, mitad *resort,* ubicado en una isla cercana a la costa. Debo volar allá lo antes posible. Ella me está esperando. Ésa sería la primera parte del proyecto que se me ofrece. La otra, que ya depende de mi labor de convencimiento, es retratar a las mujeres que convalecen de sus operaciones a la sombra de las palmeras. Más allá de las perversiones particulares del señor Newton, creo que ambos proyectos podrían convertirse en valiosos testimonios periodísticos. Además, la paga es muy buena. Lo malo es que esos trabajos nunca verían la luz en una exposición: serían propiedad exclusiva del señor Newton. Ese es el trato. De cualquier modo, mi prioridad en este momento es encontrar a Laura. Después, si no he agotado la paciencia de este excéntrico magnate, me iré al mar. Quizá eso es lo que más me entusiasma de todo. Dejar la ciudad por una temporada. Ver otra cosa que no sea esta espesa nata que cuelga sobre nosotros y que llamamos cielo. Y si de paso voy a tomar fotografías y me van a dar dinero por ello, qué mejor. Pero primero está Laura. Quizá hasta pueda convencerla de que me acompañe. Nada me haría más feliz. Ella y yo en la playa. Es algo que me permitiré soñar mientras la busco.

23

Tres de los doctores que trabajan en la clínica sufrieron un accidente mientras se dirigían en automóvil al pueblo. Al parecer se quedaron sin frenos y se salieron en una pronunciada curva. Todos sobrevivieron pero su condición es grave. Afortunadamente Déborah y yo íbamos detrás de ellos —ella sugirió que los siguiéramos para ver si lográbamos averiguar algo sobre sus planes— y pudimos darles los primeros auxilios y traerlos de vuelta a la clínica para atenderlos. Los tenemos sedados todo el tiempo, pues de lo contrario sufrirían dolores terribles. Los otros dos cirujanos que laboran aquí —aparte de Mario y yo— están consternados y exigen que los heridos sean llevados a un hospital de la ciudad. No hace falta. Aquí se quedarán hasta recuperarse, eso es un hecho. Transportarlos requiere de una delicada logística, y si yo, en mi condición de actual director del lugar, no autorizo su salida, nadie más puede realizar los trámites. El problema es que son tres bajas sensibles y ahora nos será difícil atender a todos los pacientes. De hecho ya hemos comenzado a rechazar algunas solicitudes de ingreso. Déborah me advirtió que en este momento no sería pertinente contratar personal de refuerzo. La clínica atraviesa por una situación especial —la convalecencia del doctor

Badial, las conspiraciones, el intento de asesinato y ahora los accidentados— que difícilmente entendería alguien proveniente de un entorno ajeno. Tenemos que salir adelante con los recursos con que contamos. Y estar más atentos que nunca. Carrasco y Legorreta —los otros doctores— no se quedarán con los brazos cruzados. Algo, sin duda, tramarán pronto.

Son días difíciles para la clínica. Como ahora aceptamos pocos pacientes, tenemos menos dinero. Me he visto obligado a despedir a diversos empleados: personal de intendencia, del gimnasio y el restaurante, y también varias enfermeras. Pero Déborah se las arregla para atender a todos los pacientes. Especialmente se encarga del doctor Badial y de los accidentados. No sé cómo le hace, pero es extraordinaria. Parece como si se multiplicara. A veces creo haberla visto en un lugar, y a los pocos segundos la encuentro en otro. Estoy muy tenso. La presión es cada vez mayor. Déborah aceptó por fin que comenzara a tomar tranquilizantes. De hecho fue ella misma quien me los dio. A veces, sin darme cuenta, paso largos ratos en las tumbonas de la piscina, como un paciente más. Salguero se ha distanciado de mí. Al principio temí que se aliara con Carrasco y Legorreta, pero la verdad es que se ha aislado de todos. Quedó en medio de ambos bandos. No me extrañaría que pronto subiera a su coche y se marchara.

He tenido algunas conversaciones con Michelle, quien, para mi grata sorpresa, se ha vuelto muy amiga de Déborah. Me dice que la clínica ha ido en picada. Sin embargo, a ella le sigue gustando el lugar. Su aire de decadencia, de balneario de fin del mundo, dice. Creo que exagera, aunque ciertamente ya no hay quien limpie la piscina y la superficie del agua se ha llenado de hojas secas e insectos muertos. Tampoco hay meseros, y los pacientes tienen que moverse lastimosamente hasta la barra del bar en busca de cocteles que nadie prepara. Pero vienen tiempos mejores. Déborah me lo ha dicho. Debo ser paciente. Y yo le creo.

24

Un crimen relacionado con el de la mujer despedazada fue cometido al mediodía en una elegante casa al sur de la ciudad. En las cercanías detuvieron a una mujer rubia, vestida de enfermera y con las ropas blancas salpicadas de sangre. Al parecer alguien la descubrió, y ella se vio obligada a salir precipitadamente de la casa. Como siempre, Saldaña y yo llegamos antes que la policía. Una mujer yacía en ropa interior a un lado de su cama, con una navaja incrustada en el corazón. A pesar de las circunstancias, tenía un rostro hermoso y su cuerpo lucía formidable. Antes de que procediera a tomar fotografías, se escucharon algunos ruidos provenientes de la planta baja. Saldaña bajó a revisar y yo no pude resistir nuevamente la tentación de modificar la escena del crimen. Como el mango del cuchillo que le salía del pecho era demasiado grotesco, volteé el cuerpo bocabajo. Después descolgué el teléfono de la mesilla de noche y se lo puse en la mano. Finalmente le coloqué unos zapatos de tacón negros que encontré en el clóset. Cuando me incorporé, me di cuenta de que me observaban desde el umbral de la puerta: Saldaña y un policía de uniforme. Quedé paralizado, mientras un sudor frío comenzaba a escurrir por mi frente. Saldaña me pidió que saliera del cuarto y se quedó hablando con el policía. Me recargué, temblando, en el barandal de las escaleras. Esta vez había ido demasiado lejos. No sólo mi trabajo estaba en peligro; también podía ir a la cárcel. Mi esperanza radicaba en la antigua y estupenda relación que Saldaña tenía con el departamento de policía, gracias a tantos años de cubrir la nota roja. Y al parecer eso me ayudó: minutos después, Saldaña se asomó por la puerta y me pidió que entrara a tomar las fotografías, no sin antes advertirme que luego hablaríamos. Terminada nuestra labor en la casa nos trasladamos a la jefatura de policía, donde tenían detenida a la sospechosa. Un par de horas más tarde, cuando la mostraron ante los medios de comunicación ahí reunidos, mi estómago dio un vuelco: era Martha, la misma que había comprado mis fotografías y después negado que me conocía. Aún no salía de mi asombro cuando otras dos revelaciones me dejaron sumido en el más profundo desconcierto: la presentaron como una tal Irene, y por una rasgadura en la manga de su uniforme de enfermera —un forcejeo con la víctima o con la policía, quizá— podía vérsele el tatuaje de una rosa negra.

Ya es de madrugada pero no puedo dormir. Mi cabeza es un hervidero de pensamientos. Por un lado, Saldaña me ha advertido que no sólo tengo que dejar el periódico por un tiempo, sino también la ciudad. Él convenció al policía de que no delatara mi modificación de la escena del crimen, pero no puede garantizarme que cumpla su palabra. Me ha recomendado que pida un permiso o que incluso renuncie. Que cambie de aires. Cree que el trabajo ha comenzado a afectarme seriamente. Por otra parte, está la cuestión de Martha. ¿Tendrá documentos falsos que le acreditan el nombre de Irene? ¿O quizá a quien le dio el nombre falso fue a Rogelio? ¿De verdad es una asesina y por eso se sintió atraída a comprar mis fotografías que recrean crímenes sexuales? No puedo más. Los focos que iluminan mi cerebro están a punto de fundirse. Hay otra posibilidad también, la más desconcertante de todas. Pero ésa la indagaré mañana por la noche en el cine abandonado.

25

Mientras observo las radiografías de una de las pocas pacientes que quedan, escucho una serie de gritos y golpes. Alarmado, corro por los pasillos en dirección del desorden. Frente a la puerta del quirófano encuentro a Déborah y a Carrasco forcejeando en el suelo, intentando arrebatarse un bisturí. Legorreta se retuerce a un lado de ellos, con las manos sobre el estómago ensangrentado.

—¡Haz algo! —me grita Déborah—. ¡Quieren matarme!

Sus palabras son como un latigazo en mi cara. Reacciono y saco el bisturí que llevo en el bolsillo de la bata. Me abalanzo sobre Carrasco y se lo entierro en un costado, dejándolo fuera de combate.

—¡Pero qué has hecho! —me dice entre aullidos de dolor—. ¡Estás loco!

Ayudo a Déborah a levantarse. Quiero buscar heridas en su cuerpo, pero ella me abraza fuertemente.

—Llegaste justo a tiempo —me dice entre sollozos.

Legorreta y Carrasco se han desmayado. Mientras el eco de sus gritos se apaga en los pasillos, los trasladamos junto a los demás doctores. Curamos sus heridas y les administramos fuertes dosis de sedantes. Ahora los cinco duermen profundamente, aunque sus rostros parecen turbados por pesadillas. Qué paradoja la de este lugar, pienso, donde prácticamente ya hay más doctores convalecientes que pacientes en recuperación.

Déborah me toma de la mano mientras los observamos en sus camas, sintiéndonos aliviados ante la certeza de que ya no nos darán más problemas.

La clínica ha vuelto a la tranquilidad estos días. Ya no se respira un aire tenso y se puede caminar con calma por los pasillos. No hay sombras que acechen. El bisturí volvió a su lugar. Salguero terminó por marcharse. La otra noche, desde la ventana de mi habitación, lo vi meter maletas en su automóvil. Se fue sin despedirse. No lo culpo. Aunque ni yo mismo alcanzo a comprender lo que ha estado sucediendo últimamente, algo me dice que estará mejor lejos de este lugar. Además, Déborah desconfiaba cada vez más de él. Últimamente ella y yo hemos sostenido pláticas extrañas. Me habla de nuevas concepciones de la cirugía estética. Yo no las comparto, pero la escucho. A veces no logro siquiera entenderla. Pero coincidimos en un concepto: el cuerpo es un vestido que puede modificarse.

Mañana tendrá que viajar a la ciudad. Una amiga suya parece estar en problemas. Pero me asegura que volverá muy pronto. Y no regresará sola. Nuevas personas llegarán a la clínica para devolverle la vida y yo estaré contento. Debo seguir confiando en ella. Me dijo todo esto ayer al mediodía, mientras nos asoleábamos en el área de la piscina. Yo escuchaba sus palabras pero también observaba su magnífico cuerpo, reconstruido por manos expertas. Unas manos que no fueron las mías, y eso me duele. Ya planeo proponerle nuevas modifica-

ciones, recortes y ampliaciones donde pueda dejar mi huella.
Aunque realmente no hay mucho por hacer. Es una mujer perfecta, de una belleza insuperable. Contemplarla no tiene des-
perdicio. Incluso tiene un tatuaje que corona magníficamente
su piel. Lo tiene en el hombro. Es una pequeña rosa negra.

26

Estoy oculto entre las sombras de un local abandonado, desde donde vigilo la entrada del cine. No veo al hombre corpulento pero sin duda está ahí, tras la reja, acechando en la oscuridad, igual que yo. Es una noche tibia. Algunos perros callejeros husmean en la basura acumulada alrededor de las alcantarillas. Pienso en los sucesos de las últimas semanas e intento resumirlos en unos cuantos hechos significativos: la mirada esquiva de Susana después de haber soñado con ella, las cámaras ocultas del señor Newton y sus intrigantes registros, aquellos trozos de cuerpo esparcidos por la calle como migajas para un pájaro carnívoro. Un conjunto de señales cifradas que soy incapaz de interpretar. Sólo sé que estoy frente a un cine abandonado, persiguiendo a una mujer esquiva que para colmo parece multiplicarse por tres.

Una hora después distingo la cabellera rubia de… Nuria, se supone. Salgo de las sombras y enfilo hacia ella con paso rápido. Antes de que traspase la reja, le grito:

—¡Nuria, espera!

Ella se detiene y voltea a verme. Sin darle tiempo de nada más, me abalanzo sobre ella y con ambas manos le rasgo la blusa. Nuria grita, asustada. En uno de sus hombros está el tatuaje. Ella parece reconocerme y se tranquiliza. En ese momento sale el hombre corpulento, dispuesto a golpearme. Nuria extiende la mano, indicándole que espere. Después, mirándome fijamente a los ojos, me dice:

—Tienes que entender una cosa, Esquinca. Laura ya no existe. Ni siquiera en tus fotos. Por eso las compramos, para destruirlas.

—Pero…

Me pone un dedo en los labios, silenciándome. Luego se da media vuelta, hace un gesto con la cabeza al hombre corpulento y se mete al cine. La mole se planta frente a mí. Cierro los ojos antes de recibir el primer golpe.

Dos o tres días después salgo del hospital. Tengo la nariz y una costilla fracturadas. En mi contestadora automática hay varios recados del policía que me vio modificar la escena del crimen. Quiere hablar conmigo. Llamo a Vallejo. Le digo que tengo que tomarme un tiempo de respiro. Me dice que lo entiende. Antes de colgar, le advierto que no sé si regresaré al periódico. Después le marco a Mr. Freak, que no oculta su entusiasmo al oír mi voz. La oferta sigue en pie.

—Estoy listo —le digo.

—Buen chico. Mañana mismo tienes los boletos de avión. El señor Newton se va a poner muy contento.

—¿Crees que le interese ofrecerme más trabajos?

—Si te esmeras en éste, lo más seguro es que sí.

Cuelgo. Preparo una mochila con mi equipo fotográfico y algo de ropa. Apenas puedo moverme. El costado me punza terriblemente. Sobre el buró están las pastillas que me dieron en el hospital. Pero no las tomo, prefiero tragos de ginebra. El

teléfono suena. Cojo el cable y lo arranco. Cuando llega la noche no enciendo ninguna luz. Me acuesto en la cama. Ahí, en
medio de la oscuridad, mientras afuera los coches se arrastran
por la avenida, intento pensar únicamente en esa isla. En ese
lugar donde por fin estaré lejos del fantasma de Laura.

27

•

Al caminar ociosamente por los pasillos desiertos, compruebo que soy la única persona activa en la clínica. Además de mí están el doctor Badial y los cinco médicos, pero permanecen sedados y alimentados por sondas. (No sé qué será de ellos cuando se acabe el poco suero que queda; Déborah insiste en que no me preocupe por eso.) Michelle fue la última en marcharse, pero aseguró que volverá pronto. Nos prometió a Déborah y a mí que se deshará de los accionistas, pues tiene un candidato al cual proponerle la compra de este lugar. ¿Qué clase de persona, me pregunto yo, estaría interesada en adquirir un paraíso en ruinas?

Afuera, en la terraza, sólo hay basura y ramas caídas de las palmeras. La piscina está seca; en el fondo yacen algunos vendajes manchados de sangre. Aprovecho que Déborah está en la ciudad para entrar en su cuarto. Dejó la puerta con el seguro puesto, pero yo tengo la llave maestra que da acceso a todas las habitaciones. El lugar está en penumbra; abro la persiana para que entre luz. En el aire flota el olor de su cuerpo. No sé a qué he venido, así que me pongo a husmear al azar. Abro el clóset: dentro hay dos uniformes de enfermera. Paso al baño. Sobre el lavabo reposan dos cepillos de dientes. En uno de los cajones de la cómoda encuentro una serie de fármacos y ampolletas que, aplicados en altas dosis, son capaces de dormir a la gente, provocar infartos e incluso la muerte. En otro de los cajones descubro un pasamontañas negro. Mis manos tiemblan. Junto a la cama hay un baúl. Está cerrado con llave. Traigo un bisturí de la sala de operaciones y fuerzo el cerrojo. Dentro hay una serie de papeles y radiografías, los planos de la reconstrucción de un cuerpo humano. Leo registros de por lo menos cinco operaciones con las que Déborah transformó radicalmente su cuerpo hasta convertirse en otra persona. Incluso cambió de nombre. Los documentos están firmados por una tal Laura. También están los expedientes de otras cuatro mujeres. Se operaron y se tiñeron el pelo hasta quedar idénticas a Déborah. Regreso los documentos a su lugar y salgo de la habitación, desconcertado. Entonces los acontecimientos de los últimos días comienzan a amontonarse en mi cabeza: la muerte de la señora X, los infartos del doctor Badial, el ataque en el baño de vapor, el accidente automovilístico, la ubicuidad de Déborah en pasillos y cuartos de la clínica…

Entro en mi habitación y me desplomo en un sillón, aturdido. Me doy cuenta de que ni siquiera sé qué tranquilizantes son los que Déborah me ha estado administrando. Intento pensar con claridad por un momento. ¿En verdad me engañó, o simplemente yo me dejé engañar? No lo sé. Lo único cierto es que ahora parece demasiado tarde para intentar cualquier cosa.

Un día después decido que debo hacer algunas llamadas telefónicas, buscar a Salguero, a los accionistas, incluso a la policía. Desde la clínica no puedo hacerlo. Las cuentas dejaron de pagarse hace tiempo y el teléfono está cortado. Debo ir al pueblo. Me miro en el espejo: tengo días con la misma bata, pero no siento ánimos de ponerme ropa limpia. Cojo las llaves de mi coche y me dirijo a la puerta. Mis movimientos son los de un autómata. Mi cuerpo funciona con la última reserva de voluntad que le queda.

Desde el pasillo puedo ver un grupo de personas que entra en la clínica. Tenía razón: ya no hay tiempo para cambiar el rumbo de las cosas. Distingo a una señora con el rostro deforme, a un hombre con un brazo y una pierna amputados, a una joven con unos pechos descomunales y a cinco mujeres idénticas. La sonrisa de Déborah se multiplica cuando me ve acercarme. Pongo mi mejor cara y me dispongo a recibirlos.

Durante el vuelo me enteré, leyendo el periódico, de que las pruebas en contra de Irene no fueron suficientes y que salió libre bajo fianza. Antes, Mr. Freak me había informado que la clínica cerró —aunque no por mucho tiempo, aclaró—, pero que Michelle continuaba en la isla. Es un lugar hermoso. Tras hospedarme en un motel y mientras llega la hora de encontrarme con ella, he recorrido las calles y los bares del pueblo. La gente es muy amable y conversadora. También supersticiosa. Aquí en la isla circula una especie de leyenda urbana acerca de la clínica. Dicen que tras sus puertas clausuradas vive una especie de secta que practica la cirugía con fines siniestros, y que un conjunto de auténticos fenómenos de circo vive ahí. Yo sonrío y pido otra cerveza.

Michelle es una mujer encantadora. Su belleza me tiene pasmado. Llevamos ya varios días conviviendo y haciendo las fotografías. Creo que nos entendemos. Y que éste será, sin duda, uno de mis mejores trabajos. El señor Newton quedará satisfecho. Por cierto, Michelle me comentó que él compró la clínica pero no piensa reabrirla. Le interesa tal como está. Agregó que en ella hay mucho trabajo para mi "ojo sediento", como ella le llama. Y yo le dije, mientras disparaba una y otra vez la cámara sobre el muñón de su pierna cercenada: Ahora soy el fiel escudero de las fantasías del señor Newton. Donde él me necesite, ahí estaré.

III
LA COMUNIDAD

29

Estamos preparando a Lolo, la chica de los senos descomunales, para aumentar su medida a niveles insospechados. Buscamos ciento veintiocho centímetros. Cuando lo hagamos, cada seno pesará más de tres kilos. Le hemos encargado a un ex ingeniero aeronáutico, experto en materiales plásticos y en diseño de paneles de instrumentos, que fabrique un molde para hacer las prótesis especiales. Mientras Déborah y yo trazamos las marcas pertinentes en su carne desnuda, imagino que esos pechos, en un futuro que se antoja cercano, ya no gotearán leche sino silicona para amamantar a la nueva generación de niños posthumanos que se criarán en esta clínica. Cada vez tenemos más gente. Como Déborah predijo, el lugar ha renacido. Sobre todo desde que el señor Newton lo compró. Incluso trajo un fotógrafo para que registre nuestros progresos. El fotógrafo es un personaje raro. Su estado de ánimo oscila entre el interés real y el pánico absoluto. Curiosamente, esto último se le acentúa cuando Déborah está presente. De hecho se quiso ir de aquí, pero el señor Newton se lo impidió. Yo se lo expliqué: somos una comunidad, dependemos unos de otros —sobre todo de nuestra complicidad—, y no nos puedes abandonar tan fácilmente, menos cuando tienes un puñado de fotografías que registran lo que sucede dentro de esta clínica aparentemente abandonada. Una vez que entras, se puede decir que te quedarás aquí para siempre.

Hoy por la noche continúan las exhibiciones de David, un singular artista cuyo proyecto ha consistido en una serie de automutilaciones. Empezó quitándose dedo por dedo, luego la mano y el antebrazo, hasta amputarse el brazo completo; después una pierna, también parte por parte —en ese punto fue que llegó aquí—, y ahora va por la otra pierna. Su objetivo es que solamente quede el torso y el brazo con el que ha realizado las cirugías. Hay mucha expectación, pues se encuentra cerca de completar su obra.

    —¿Y qué sucederá cuando termine, cuál será el siguiente paso? —pregunto, intrigado.

    —No lo sé —me dice Déborah, mirándome con ojos conmovidos—. Supongo que no puedes saber lo que un artista hará al llegar a la cumbre.

Agradecimientos

Mariana Riva Palacio, José Mariano Leyva, Catalina Gayà, Alejandro Páez, Mauricio Bares, Sergio González Rodríguez, Mauricio Montiel Figueiras, José Soto, Mariño González, Kaliope Demerutis.

Belleza roja se terminó de imprimir en agosto de 2006 en los talleres de Impresora y Encuadernadora Progreso, S. A. de C. V. (IEPSA), Calz. San Lorenzo, 244; 09830 México, D. F. En su composición, parada en el Departamento de Integración Digital del FCE, se emplearon tipos Berkeley Book de 18, 16, y 11:15 puntos. La edición consta de 1 000 ejemplares.

Tipografía: *Juliana Avendaño López*
Cuidado editorial: *Mónica Vega*